명시 따라 쓰기 첫사랑

시의 숨결과

그 부드러운 속살을

가슴으로 읽고 느낀다

명시 따라 쓰기

# 첫사랑

도서출판 문장

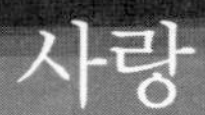


강만수

해바라기 노란 그 빛에 눈이 멀었다
태양이 일순간 캄캄하다
당신 앞에선 그 모든 것들이
빛을 잃게 된다
나 또한 당신으로 인해 그렇다

# 어린 시절 순정한 마음으로 시를 읽는다, 아니 시를 숨 쉰다는 마음으로

작가의 말

열두 살 나이에 집에서 이백 여 미터 떨어진 헌책방에서 시집을 읽었다.

그때 처음 만난 시인은 지옥에서 보낸 한 시절을 쓴 아르튀르 랭보였다.

그로 인해서 폴 베르렌느, 스테판 말라르메, 샤를 피에르 보들레에르를 연이어 읽게 됐다.

그들 프랑스 상징주의 시인들 시를 읽어나가며 솔직히 처음엔 잘 모르겠다고 되뇌었다.

그럼에도 불구하고 마법사의 주술처럼 그들의 시에 강렬하게 끌리는 나 자신을 어쩌지 못했고.

잠자리에 들어서도 꿈에서 본 막연한 이미지를 끄집어내기 위해 수시로 깨어 잠을 설치기도 했다.

하지만 그럼 더 그럴수록 난해하다고 할까 불합리한 어떤 말들이 납득되지 않는 언어로 내 안에 들어왔다. 멈출 수 없는 재채기처럼 다가 온 문장 앞에 서 있었지만 정작 내 자신에게 시는 없었던 시간을 보내며.

글로 풀어쓸 존재와 경험 사물의 느낌에 대해 생각하다 거대한 벽 앞에 섰다고 해야 할까.

그런 까닭에 두통과 함께 묵직하게 가슴을 누르는 시를 내팽개칠 수는 없었고 논리로는 전혀 설명 되지 않는.

**시에 대한 의문을 풀기위해 독서백편의자현(讀書百遍意自見)이란 말만 믿고 시집을 마구 읽고 또 읽으며 필사했다.**

지금 돌이켜 생각해보면 그 시절은 모두 다 가난하고 궁핍한 시기이긴 했지만.

나 자신에겐 헌책방에서 선 채로 시를 찾아 읊조리며 궁리할 수 있었던 매우 행복한 시간이었다.

책방 속 빼곡하게 들어찬 책들의 향기는 내 어린 몸과 마음에 파고들어 게으름을 피울 때마다 죽비를 들었기 때문이다.

언어를 떠나서는 엄밀한 뜻에서 의식도 없고 의미도 없다는 생각으로 폐관수련 하듯 십여 년의 시간을 보냈던.

이십 대 중반 가을이었던 것 같다 혜문회 동인지 원고를 준비하다 문득 언젠가 읽었던 불경의 한 구절이 떠올랐다.

**내 머리를 강하게 친 초발심시변정각(初發心是便正覺)이란 말씀이었다, 그래 시의 비밀은 초발심(初發心)에 있다.**

처음 일으킨 생생한 마음에 깨달음이 있다는 말.

무슨 일이든 처음에 하려고 한 초심(初心)을 지속할 수 있다면 어떤 일이든 해낼 수 있다고.

그 후 나는 시를 읽고 쓰면서 40년 이상의 시간이 흐른 지금까지도 초발심을 잊지 않고 지키기 위해 노력하고 있다.

이 필사 시집은 나 자신이 어린 시절 순정한 마음으로 시를 읽는다, 아니 시를 숨 쉰다는 마음으로 받아들였던 소년의 마음으로 되돌아가.

여러분 모두도 시의 숨결과 그 부드러운 속살을 가슴으로 읽고 시로 삶을 산다는 마음을 조금이라도 느꼈으면 하는 바람으로.

내게 가르침을 주었던 스승이며 또한 외로울 때 친구로 깊은 감명을 주었던 저 하늘의 별처럼 빛나는 시인들의 시로 엮었다.

중국 당나라 성당 때 시인인 두보(杜甫)와 이백(李白) 중당 시인인 이하(李賀) 영미권 시인인 윌리엄 버틀러 예이츠, 로버트 번즈, 에즈라 파운드와 로버트 프로스트 스페인의 안토니오 마차도와 페데리꼬 가르시아 로르까 러시아의 알렉산드르 세르게에비치 푸시킨, 안나 아흐마또바, 블라디미르 마야콥스키 등과.

우리나라의 시인 이상과 한용운 이장희 윤동주 이육사 외 여러 시인들을 시공을 초월하여 다시 만나.

이순(耳順)을 바라보는 나이에 잠시 동안이었지만 세상의 온갖 시름을 잊고 시의 세례를 흠뻑 받을 수 있었던 행복한 시간이었다.

**이 필사(筆寫 )시집을 천천히 읽고 한 자씩 옮겨 쓰면서 독자여러분들도 모두 다 문자향서권기(文字香書卷氣)에 들었으면 싶다**

2016년 3월 仁山軒에서
강만수

## 차례

## 2장 방랑자의 여정이 끝나는 그 향기를 찾아



## 3장 나는 이제 바다로 간다, 소녀야.

## 4장 내 몸을 슬픔의 불에 활활 태우는 것이 낫겠다.

## 5장 사랑이 빠져 나간 내 가슴에 당신은 희망과 생명을 주었다

# 천상의 집

강 만 수

세 칸 방 그 한 칸에
여섯 식구가 세 들어 살았네

쩍 갈라진 개다리소반에
올망졸망 모여 앉아

누런 양푼에 밥 비벼 먹으며
한 이불 덮고 잠을 잤었네

시원한 바람과 찬물 한 대접으로
긴 노동 끝 땀 흘린 갈증을 털어낸 뒤

무거운 고단함 내려놓고 쉴 수 있었던
세 칸 방 방 한 칸

휘경동 그 집

1장

아름다운 날을
누가 돌려줄 것인가
첫사랑 그날을

# 미인(美人)

이백(李白)

주렴을 펴 발을 반쯤 걷고
고요히 앉아 있다
이마를 찡그린다
곱디고운 볼을 적시는 눈물
누구를 그리워하는 걸까
마음에 새겨 놓은 것 같다

美人捲珠簾 深坐嚬蛾眉 但見淚痕濕 不知深恨誰

# 첫사랑

요한 볼프강 폰 괴테

아름다운 날을 누가 돌려줄 것인가
첫사랑의 그 날을
눈부신 시절을 누가 돌려주랴
어여쁜 때를.

외롭게 나는 그 상처로 인해
쉼 없이 밀려드는 슬픔에
행복을 잃고 고통스러워하고 있나니
누가 돌려줄 것인가 곱게 빛나는
첫사랑 그 황홀한 시간을

# 습작 쇼윈도 수점(數點)

이상

북을 향하여 남으로 걷는 바람 속에 멈춰 선 부인
영원의 젊은 처녀
지구는 그와 서로 스칠 듯이 자전한다.

운명이란
인간들은 1만 년 후의 어느 해 달력조차 만들어낼 수 있다.
태양아 달아 한 장으로 된 달력아

달밤의 기권(氣圈)은 냉장한다.
육체가 식을 대로 식는다
혼백만이 달의 광도로써 충분히 연소한다.

# 모곡(慕曲)

박제천

지난 봄의 일은 모두 시름뿐
어둠 속으로 사라지던 그대 모습
해가 갈수록 더욱 흐릿해
오히려 눈을 감으면 보이려나
만나고 싶어라
그대 그리워 헤매는 쑥대밭이라 아니라
그 어디에 쓰러져
잠들어 버릴 것만 같네

## 당신을 사랑한 까닭에

헤르만 헤세

당신을 사랑한 까닭에 늦은 밤 나는
내 설레는 마음을 진정치 못하고
당신께 속삭였지요
나를 당신이 영원토록 잊지 못하게끔
당신 마음을 훔쳐 왔지요.

나와 함께 내 안에 있는 당신 속마음은
당신이 싫다고 해도 오직 나만의 것입니다
불타오르는 내 강렬한 사랑을
그 어떤 천사라고 해도 내게서 뺏어갈 수 없어요.

# 낙엽

윌리엄 버틀러 예이츠

당신과 나를 사랑하는 긴 나뭇가지 위 가을은 왔습니다
보릿단 속 생쥐에게도
마가목 나뭇잎은 머리 위 노랗게 물들고
이슬 맺힌 산딸기 잎도 금빛으로 물들었습니다

사랑이 지는 계절이 다가왔습니다
우리들 슬픈 영혼은 이제 매우 지치고 피곤합니다
이별합시다 정열의 계절이 우리를 잊기 전
고개 숙인 그대 이마에 키스와 눈물 한 방울만을 남기고

# L

강만수

그녀의 푸른 눈에는
내 안의 슬픔과 기쁨이

다 들어 있다
그녀는 내 삶 그 자체다

# 앤디 워홀

강만수

쩌거덕쩌거덕 라일락 산수유 진달래 봄꽃 공장에서
벨트컨베이어 위 생산돼 나오는 작찬 봄꽃들을 바라보다

분홍빛에 노란빛과 푸른빛 풀어 채색한
그 빛깔에 따라 향이 달라지는 빛깔을 본 뒤

봄날 제작 공정표에 따라 꽃대를 밀어 올리는

코끝을 후벼 파는 진한 향 봄날 표 향수를 생산하면
겨드랑이와 목덜미에 칙칙 뿌려본다

봄이 찍어내는 은은한 그 향을 뿌리면
온 산이 온몸이 꽃향내에 젖어드는 봄이다

저 봄을 무제한 복제해 시장에 내다 팔아야겠다.
돈을 만드는 것이 예술이라고 한 앤디 워홀처럼

무진장한 새봄을 사업 밑천 삼아 최고의 예술을 실현하리라

# 나의 동포

랭스턴 휴즈

미려하다 밤은
그런 연유로 내 동족 얼굴도 아름답다

황홀하다 별은
그런 까닭에 내 겨레의 눈동자도 그렇다

역시 아름다운 건 태양
고운 건 내 종족의 혼

# 봄 잔디밭 위에

조명희

내가 이 잔디밭 위에 뛰노닐 적에
우리 어머니가 이 모양을 보아주실 수 있을까

어린 아이가 어머니 젖가슴에 안겨 어리광함같이
내가 이 잔디밭 위에 짓궁굴 적에
우리 어머니가 이 모양을 참으로 보아주실 수 없을까

미칠 듯한 마음을 견디지 못하여
"엄마!엄마!" 소리를 내었더니
땅이 "우애!" 하고 하늘이 "우애!" 하옴에
어느 것이 나의 어머니인지 알 수 없어라

# 미라보 다리

기욤 아폴리네르

미라보 다리 아래 세느 강은 흘러내리고
우리들 사랑도 흐른다
내 마음 깊이 아주 깊이 새기리
언제나 고통 뒤 기쁨이 오는 것

종소리야 울려 퍼져라 밤이여 어서 오라
시간은 흐르고 나는 이곳에 남는다

손에 손을 맞잡고 얼굴을 바라보면
우리들 팔 아래 다리 밑으로
영원의 눈길을 한 피곤한 물결이
흐르는 시간

종이여 울려라 밤이여 어서 오라
시간은 흐르고 나는 남는다
물결처럼 사랑도 흐르고
우리들 사랑도 쉼 없이 흘러내린다
삶은 왜 이다지도 굼뜨고
희망이란 왜 이렇게 강렬한 걸까

밤이여 오라 종아 울려라
시간은 흐르고 나는 남는다

매일매일은 흘러가고 달도 기울고

지나간 시간도 흘러만 간다
너와 나의 사랑은 오지 않는데
미라보 다리 아래 세느 강은 흐른다.

종아 울려라 밤이여 어서 오라
시간은 흐르고 나는 남는다

## 공후인(箜篌引)

여옥

당신 그 강을 건너지 마세요
당신은 결국 그 강을 건너셨군요
강 건너다 그 물에 빠져 삶이 끝나니
이 일을 어찌하리까 아, 아! 님이여

公無渡河 公竟渡河 墮河而死 將柰公何

# 어느 인생의 사랑

로버트 브라우닝

둘만이 살고 있는 우리집
이 방에서 저 방으로
당신을 찾아 나는 샅샅이 찾아본다
불안해하지 마 내 마음이 이제 곧 찾게 돼
바로 찾았다 하지만 커튼 뒤 남은
당신의 아름, 침대에 감도는 향수 내음!
당신 손길이 닿은
벽장식, 꽃송이 향기를 뿜어내고
거울은 그대 맵시를 비추며 환하게 빛난다

# 대제곡 (大堤曲)

이하(李賀)

창에 계수 향 물씬 풍기고 붉은 커튼 처져 있는
제 집은 횡당(橫塘)이에요
머리를 푸른 구름으로 하여금 틀어 올리면
제 귀고리는 둥근 달이 된답니다.

바람이 연꽃을 살포시 흔들어
강에 봄이 왔는데
긴 긴 둑 위에서
저는 당신과 이별은 결코 못 하겠어요

잉어 꼬리를 당신은 잡수세요
저는 성성이 입술을 먹을게요
이곳에서 그럭저럭 지내시되
양양(襄陽)엔 가면 안 되어요
그곳에 가시면 되돌아오기 어려우니까요

창포 꽃 오늘은 향기를 내뿜지만
단풍도 내일은 시들어 버릴 거예요.

妾家住橫塘 紅絲滿桂香 靑雲敎綰頭上髻 明月與作耳邊璫
蓮風起 江畔春 大堤上 留北人 郎食鯉魚尾 妾食猩猩脣
莫指襄陽道 綠浦歸帆少 今日菖蒲花 明朝楓樹老

# 연인

폴 엘뤼아르

내 눈 속에 당신이 있다
내 가슴속에 당신이 들어있다
내 손의 모습을 그대는 가졌다
내 눈의 빛깔을 당신은 지녔다
당신 그림자 속에 나는 들어있다
하늘에서 내던져진 돌멩이처럼

빛나는 당신 눈동자 속에서
결코 잠들 수 없다 나는
별이 쨍한 한낮에 그대의 꿈은
태양을 기화시키고
웃기고 울리다 나를 또 웃게 한다
할 말이 없음에도 나로 하여금 말하게 한다

# 노을 앞에서

나호열

다가서면 다가선 만큼
물러서는 사람이기에
그저 바라본다

저 속에 밤새워 쓴 편지가
불타고 있고
끝내 보여주지 않은 심장의 화로가 있다
수만 종이의 꽃들이
한꺼번에 피어오르는
저 짧은 시간의 행간에
바라본다
그 한마디 말씀을 던져 놓으면
노을은 긴 손을 내밀어
머리맡의 등불을 돋을 하룻밤의
꿈을 건네주고
길 없는 길 너머로 사라진다

다가서면 다가선 만큼
물러서는 사람이기에
그저 바라본다

# 부부

김소월

오오 아내여 내 사랑!
하늘이 묶어준 사랑이라고
믿고 삶이 마땅치 아니한가.
아직 다시 그러랴, 안 그러랴?
이상하고 별스런 사람의 맘
거 몰라라, 참인지 거짓인지?
사랑으로 이은 다른 두 몸이라면
서로 별난들 또 어쩌리
한평생이라고 해도 반백년도
못 사는 인생에
연분의 기나긴 실이 그 무엇이랴?
나는 말하리, 아무러나,
죽어서도 한 곳에 묻히리라고.

# 누군가 문을 두드린다

자끄 플레베르

밖에 누굴까
아무도 아닌가
당신으로 인해 마구 뛰는
두근두근 내 마음뿐인가
하지만 문밖
청동으로 된 작은 손잡이는
미동도 않고 있지
전혀 움직이지 않고
꿈쩍도 않고 있다

2장

방랑자의 여정이 끝나는

그 향기를 찾아

# 아, 해바라기여

월리엄 블레이크

시간에 지친 저 해바라기는
태양을 향해 걸음을 한 걸음 한걸음 옮기며
방랑자의 여정이 끝나는
황금의 나라 그 향기를 찾아간다.

야심으로 파리해진 청년과
희디 흰 수의 걸친 창백한 여자가
무덤에서 잠 깨어 강하게 원하는 나라
나의 해바라기도 가겠다고 말한 그곳

# 연못 주변에서

진각 혜심

홀로 연못 주변에 앉았다
물 아래 사내와 만났다
바라보며 말없이 웃음 짓는 까닭은
서로의 마음이 보이기 때문

池邊獨自坐 池底偶逢僧 默默笑相視 知君語不應

# 애수

이상규

넘쳐흐르는
고요로운 달빛
감당키 어려워

저 홀로 떠올랐다가
홀로 거두는
애절한 마음

갈잎이 흔들릴 때마다
풀벌레 울어예는
깊은 가을밤

가슴에 안기운
달빛에도
찬 이슬이 젖네

## 임종게

잇큐 소준

꽃 아래에서 십여 년을 부부 맹세 잘 지켰으니
끝없는 정은 한 가닥 풍류로다
이승에서의 삶을 당신 무릎 베고서 떠나가니
깊은 밤 남녀의 정 삼생을 약속하네

十年花下里芳盟 一段風流無限定 惜別枕頭兒女膝 夜深雲雨約三生

# 탱자나무

허재성

탱자나무를 가까이보면
가시에 눈이 찔린다
처음 당신을 봤을 때처럼
탱자나무를 가까이 보면
가시에 혀가 찔린다
처음 당신을 사랑한다고 말했을 때처럼

작은 새도 들지 못하는 가시 울타리
가시 끝에 맺힌 탱자는
첫서리에 동화가 되어 떨어진다
처음 당신이 내게 사랑한다고
말했을 때처럼

# 첫 키스

한용운

마세요, 제발 마세요.
보면서 못 본 척 마세요.
마세요, 제발 마세요.
입술을 다물고 눈으로 말하지 마세요.
마세요, 제발 마세요.
뜨거운 사랑에 웃으면서 차디찬 잔부끄러움에 울지 마세요.
마세요, 제발 마세요.
세계의 꽃을 혼자 따면서 항분에 넘쳐서 떨지 마세요
마세요, 제발 마세요.
미소는 내 운명의 가슴에서 춤을 춥니다
새삼스럽게 시스러워 마세요.

# 별

윤정주

산 위에 올라 보니
땅에 질펀하게 쏟아진 별들이 영롱하다
사람 사는 냄새가 모락모락 올라오는
아득한 별과 노랗게 익은 별들을 바라보며
나는 새삼스럽게 사는 일이 별처럼
영롱한 일이라는 걸 깨닫는다
지아비와 지어미 짝을 이루어
지지배배 입 벌리는 아이들을 돌보며
하루하루 걱정 속에 사는 일들이
아름다운 별이 되어가는 일이라는 걸
겨울 뒷동산에 올라
묵묵 산소 앞에 서서야 알게 되었다
무성했던 잎새들 다 떨군 나무들 사이로
꿈결처럼 살고 있는 동네 집들이
하나 둘 별 되어 켜지고 있는 초저녁

## 생일날

크리스티나 로제티

파란 가지에 둥지 짓고 노래하는 내 마음은 새와 같다
가지가 구부러지듯 열매 달린 내 마음은 사과나무
고요한 바다에서 뛰노는 내 마음은 연보라색 조개를 닮았다
그 모든 것보다 내 가슴이 더 두근거림은 그가 오기 때문이다

비단과 솜털의 단을 나를 위해 세우고
자주색 옷과 그 단의 모피를 걸쳐다오
그곳에다 비둘기와 석류
공작에 백 개의 눈을 조각한 뒤
금 은빛 포도송이 수를 놓고
백합화와 그 잎도 새겨주세요
내 생애 최고의 생일날이 왔고
사랑하는 이 내게 왔으니.

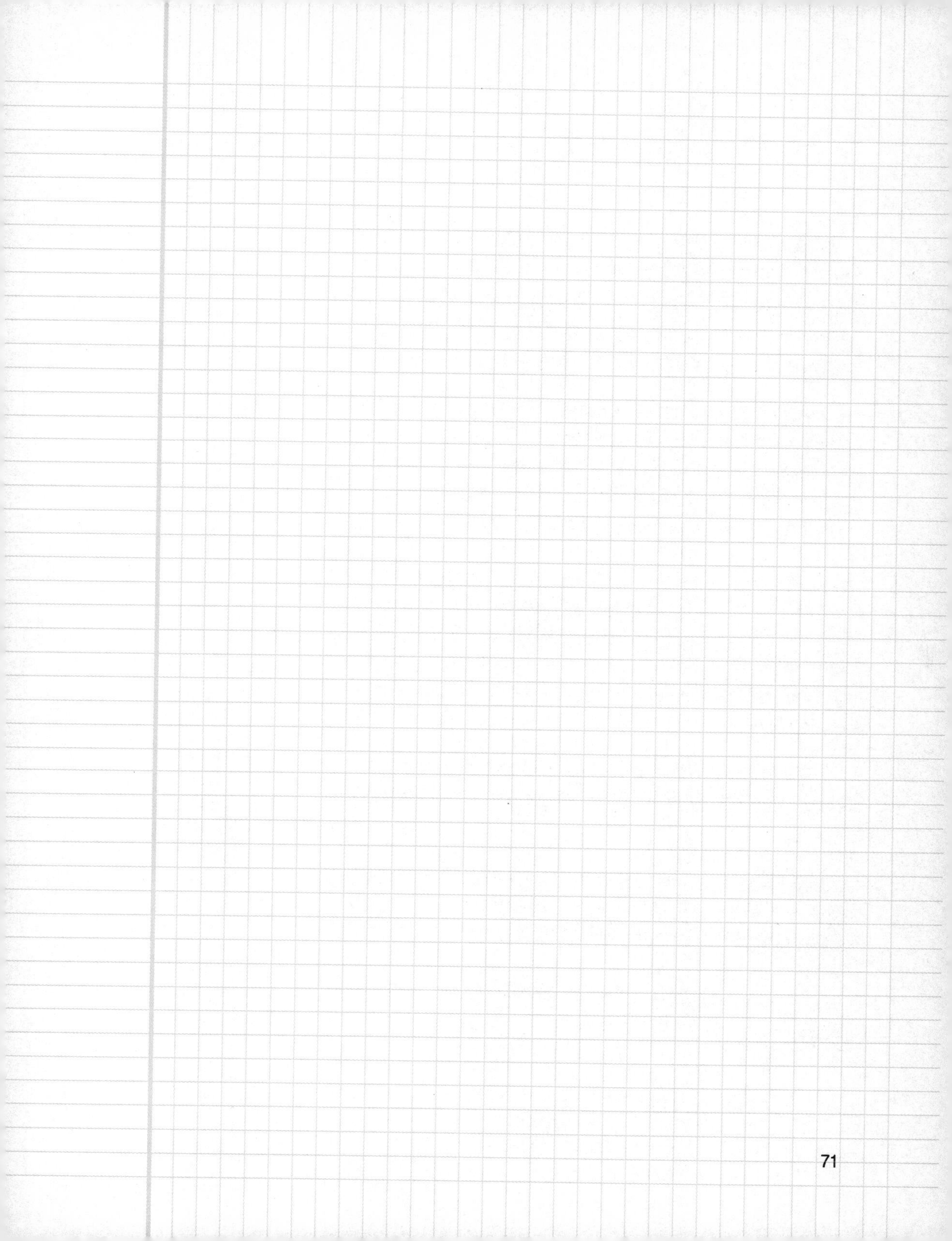

# 국밥집 앞 헌책방

강만수

헌책방 간판 마주보이는 삼거리 할매 국밥집에 앉아 수저를 들고
시인을 씹었다 이용악을 씹다 백석과 이상 김기림을 씹다가
그 맛이 껄쩍지근 문어 다리처럼 씹히는 씹고 씹어서 껄쭉해질 때까지
씹어야만 목구멍으로 넘길 수 있는 용악은 씹싸름 석이는 달착지근
오감도에 싸 놓은 이상은 짜증나 기름 바른 기림은 맨질맨질

입 안에 흘려 넣은 뜨거운 그 첫술에 입천장을 데어 국물을 질질 흘리며
한시를 읊조린다 국밥을 훌훌 쩝쩝 씹어 넘기다
국밥 냄새 밴 흐린 문자향을 건드리니 무덤 속에 누워 있던 李賀 杜甫
李白 白居易가 건너편 식탁에 둘러앉아 막걸리를 곁들여 국밥을 주문한다
무슨 얘기를 나눌까 그들 말소리에 귀를 기울였으나 아무 소리도 들을 수 없고

할매가 내다준 막걸리만 거푸 몇 잔이었을까 벌컥벌컥 마셔대던
그 동안 마시지 못한 술 한꺼번에 모두 다 마시려는 것일까
술잔만 주고받는 저러다 대취해 將進酒라도 두어 수 날릴 요량이신지
받아 적을 생각에 귀를 쫑긋 세운 채 기다리다 돈 안 돼 밥 안 돼 이제 그만
시는 그만 접겠다는 그들이 뱉은 말에 예나 지금이나 글 갖고 노는 인간들의
배고픔이라니

연필을 내려놓고 식어버린 국밥에 수저를 담그니 먼지 슬고 곰팡내 풍기는
그들 꼴이 모두 시로구나 시이익 식은 국밥에 수저를 휘젓다가 건너편 식탁을 다시
보니

막걸리 마시던 그들은 어디로 간 것인가 국밥 할매 젖은 손에 그들이 마신
술값에 밥값까지 얹어주고 기신기신 문을 나서니
손님들이 남긴 것이라며 급하게 따라 나온 욕쟁이 할매가 내게 건넨 보따리

받아 들고 풀어보니 묵은 곰팡내 그 퀴퀴한 냄새까지 향기롭게 느껴지는 두툼한
唐詩選

문장기술
다이어트

# 마음의 바다

이육사

물새 발톱은 바다를 할퀴고
바다는 바람에 입김을 분다.
여기 바다의 은총(恩寵)이 잠자고 있다.

흰 돛은 바다를 칼질하고
바다는 하늘을 간질여본다
여기 바다의 아량(雅量)이 있다

낡은 그물은 바다를 얽고
바다는 대륙을 푸른 보로 싼다.
여기 바다의 음모가 서리어 있다.

## 여행

안토니오 마차도

나는 이제 바다로 간다, 소녀야.
선장님 저를 데리고 가지 않으면
저는 당신을 잊겠어요.
갑판 위에서 선장은 자고 있었다.
그녀를 생각하며 잠에 빠져 있었다.
저와 함께 가지 않으면
당신을 잊을 거예요
그가 바다에서 돌아왔을 때
그는 푸른 앵무새를 가져왔다
선장님을 저는 잊겠어요.
다시 또 그는 바다를 건너갔다
푸른 빛 앵무새를 가지고
선장님을 오래 전에 저는 잊었어요.

## 안개

카알 샌드버그

고양이 작은 고양이 발에
안개가 내린다

항구와 도심을
고요히 쪼그리고 앉아
바라본다
그리고 몸을 움직여 걸어간다

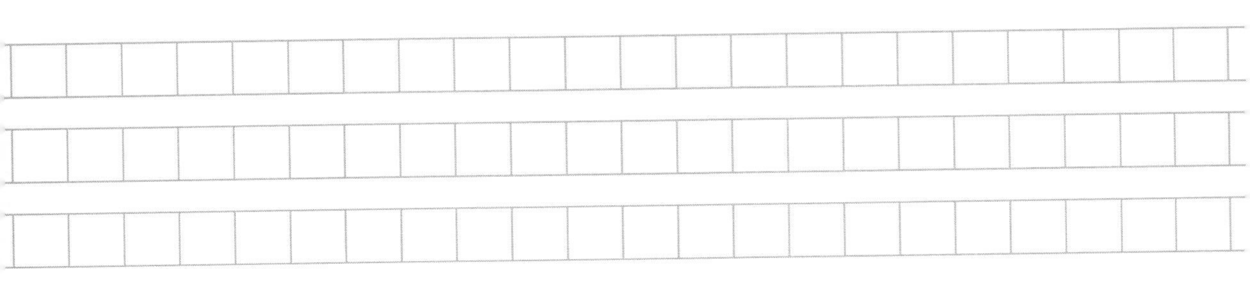

# 부룬다이 가는 길

최 석

알마티 시가지를 조금만 벗어나면
가도 가도 끝이 보이지 않는 광야다
기차를 타고 며칠을 달려도 지평선이 보인다
누군들 주눅 들지 않겠는가
쥐코밥상만 한 한국의 땅덩이에 한숨이 나고
아등바등 거리는 오늘의 삶에 눈물이 난다
죽어서도 묻힐 땅조차 없는 우리들
이승에 움집 하나도 내 것이 아닌 바에야
죽어 한 줌 재로 날린들 무에 대수겠는가
친했던 고려인의 하관을 마치고 온 후로
부룬다이 모래 한 점 섞이지 않은
대지의 속살을 만지고 난 후로
문득 이곳에 뼈를 묻을 것 같은 예감이 든다
엽보이거늘
살고 죽는 일이 어디 내 소관일까 마는

# 알바트로스

샤를 피에르 보들레에르

뱃사람들은 가끔 심심풀이로
몸집이 매우 큰 바닷새 알바트로스를 잡는다
배를 타고 바다 위를 다닐 때
걱정 없는 친구처럼
바다를 향해 나가는 배를 뒤쫓는 그 무리들

바닥 위에 그 새들을 내려놓자
희푸른 하늘을 날아다니던 왕자와 같던 새들은
흰 날개를 질질 끌면서 노 인양 양쪽으로
서툴고 측은하게도 날개를 질질 끄는구나

날개 달린 항해사 네 꼴이 무엇인가 약하고 어색하다
하늘을 날 땐 매우 멋지더니 지금 이 꼴은 너무도 추하다!
어떤 사람은 담배통으로 부리를 성가시게 하고
어떤 이는 장애인 흉내를 내면서 절뚝절뚝 거리는구나

시인은 거센 바람 속을 뚫고 들어가 총 쏘는 이를 조롱하는
저 구름 위를 노니는 고상한 사내와 같고
온갖 조롱의 맴돌이 속 땅 위에 귀양 와
큰 날개로 인해 걸음걸이조차도 방해받는 이

# 눈 내리는 저녁 숲가에 서서

로버트 프로스트

나는 알겠다 이 숲이 누가 주인인지
마을에 그의 집이 있지만
내가 이 자리에서 눈이 가득 쌓인
자신의 숲을 바라보고 있음을 알지 못한다

고요하고 아름다우며 어두운 숲속

## 야크(Yak)
### -안데스 26

최영규

꺾이거나 부러지지 않을
저 다리 저 무릎

무너지며 흘러내리는
파석 破石의 모레인(Moraine) 지대
깍아지른 급사면에
사선 斜線을 그으며 전진하는 야크(Yak)

삶과 죽음을 함께 담보하는
고산 高山의 영역과
외눈박이에 어리석은 인간들을 연결하는

3000미터 아래의 저지대에서는 생존할 수 없는 짐승
저 특별한 짐꾼
저 특별한 구도자 求道者

가끔 하늘을 볼뿐
가끔 커다란 머리를 흔들어 댈뿐
할말은 있지만
어금니를 물어 입을 닫은
묵언의 정진 精進

그들의 주먹만 한 까만 눈동자에 담겨있는
알 수 없는 경계 밖 그 곳으로
외눈박이 인간들을
인도 引導해 간다

# 3장

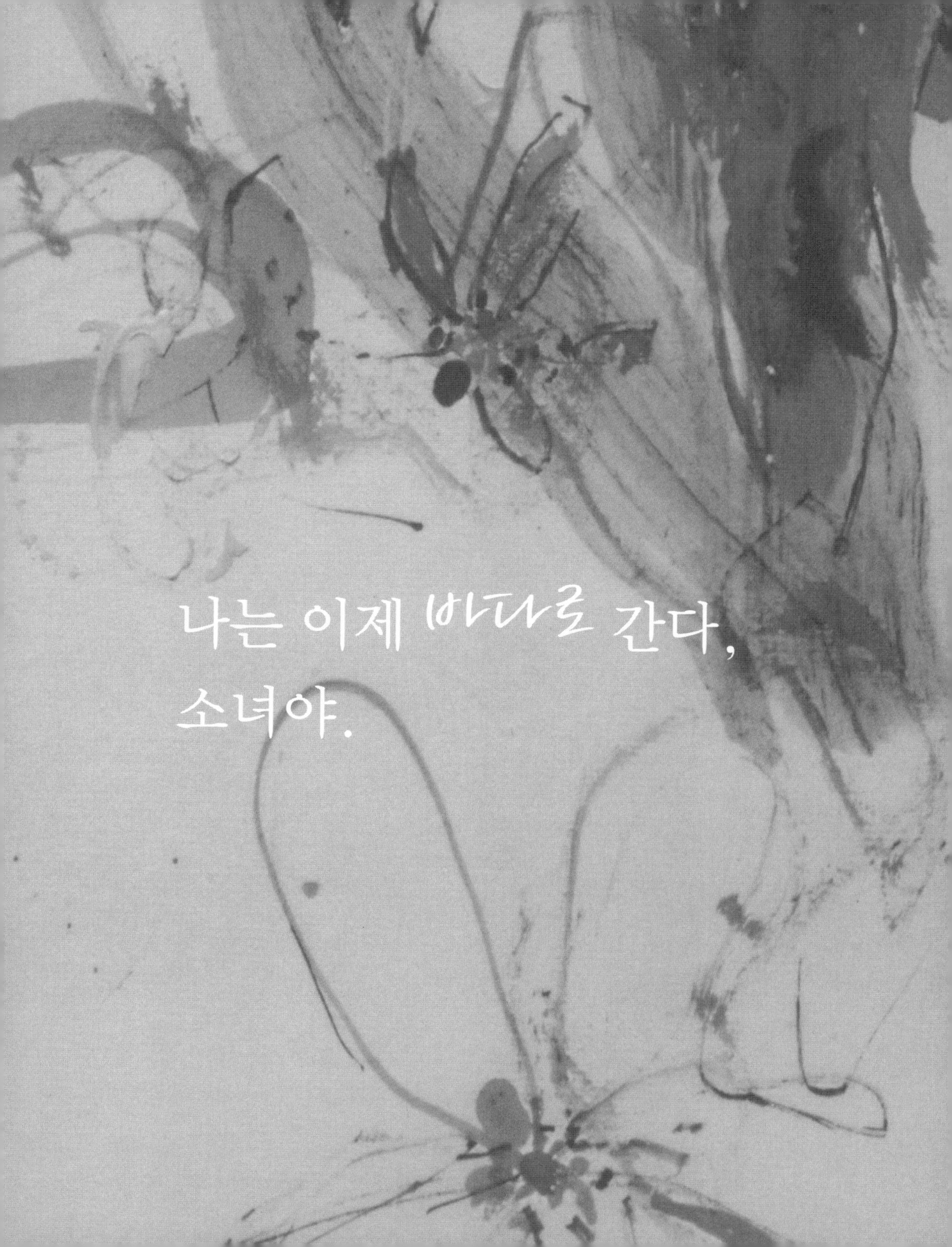
나는 이제 바다로 간다,
소녀야.

# 눈

레미 드 구르몽

시몬, 그대 눈은 목처럼 희다
시몬, 그대 눈은 무릎처럼 희다

그대 손은 차가운 눈과 같다, 시몬
그대 마음은 눈처럼 차다, 시몬

불꽃 입맞춤 그 뜨거움에 눈은 녹는다
그대 헤어짐의 입맞춤에 마음이 녹는다

소나무 가지 위 눈은 쌓여서 애처롭다
갈색 머리칼 아래 그대 앞이마는 슬프다

그대 아우인 눈은 안마당에 잠들었다, 시몬
당신은 나의 눈, 역시 내 사랑이다, 시몬

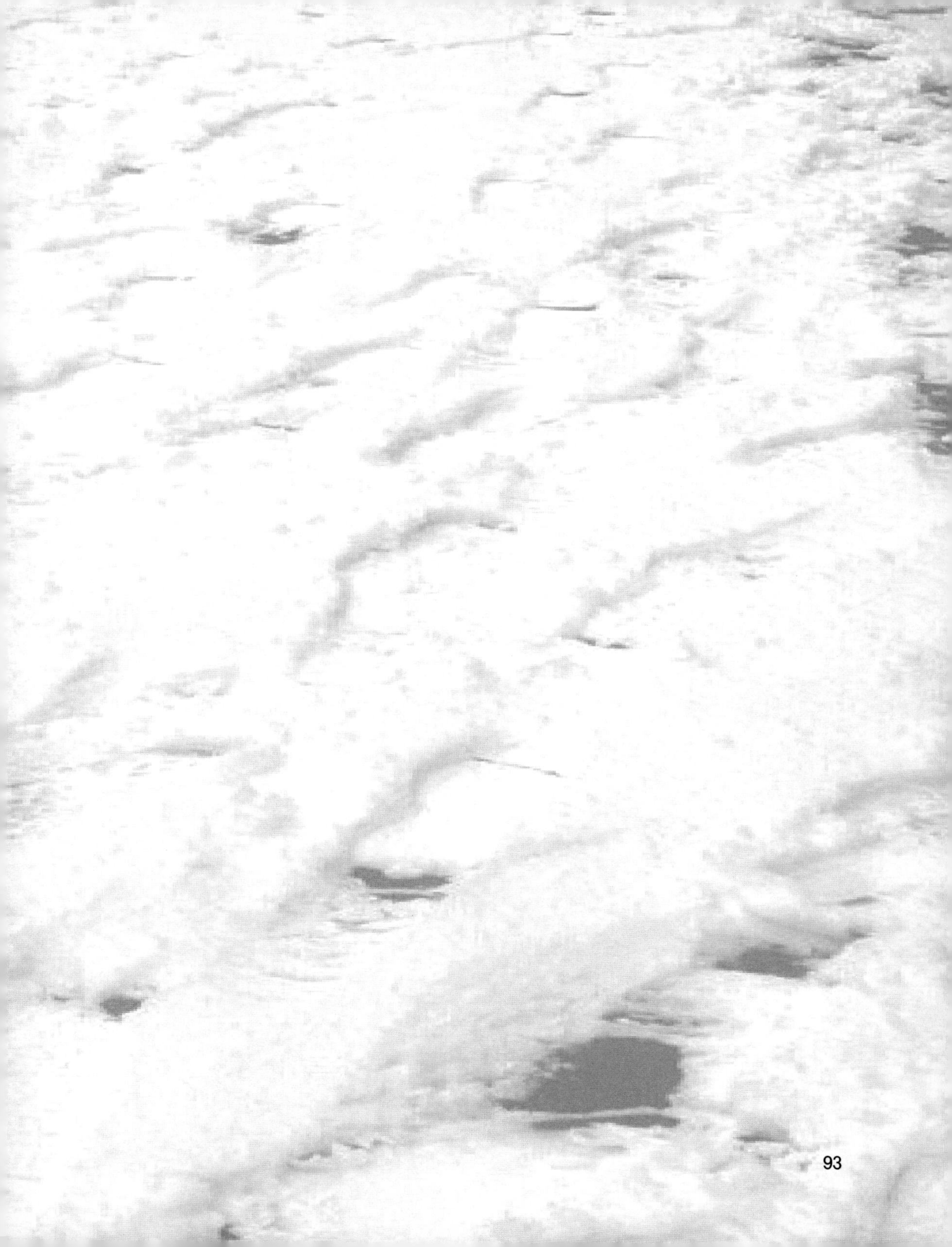

# Taxi Driver

강문수

여자는 <시네마 천국> 네일아트 학원 앞에서 택시를 기다렸다 한 대가 지나갔다
그 다음 택시는 그녀 뒤에 서 있던 남자가 가로채 올라탔다 그런 뒤

삼십 미터 앞 미용실 부근에 멈춰선 택시를 쫓아가 어렵게 탈 수 있었다
영화광이었던 그녀는 택시 안에서 <택시 드라이버>와 흘러간 영화들과

현재 극장에서 상영되고 있는 영화 속 여배우들에 대해 감칠맛 나게 대화를
이어나갔다
그러다 집 근처에 도착하게 될 쯤에 운전수에게 <단짝 친구들처럼> 얘기를 마저
끝낼 수 있게끔

근처 조용한 곳으로 가 대화를 계속해서 나눌 수는 없겠느냐고 물었다
그 자리에서 제안을 받아들인 택시 운전수는 여자와 함께 <위험한 정사> 모텔로
갔다

그곳에서 그 둘은 <지상 최대의 작전>처럼 가장 안찬 대화를
<하녀>가 윤나게 닦았을 법한 욕조를 함께 사용한 뒤

<은행나무 침대>에 누워 귀엣말을 나눴다

택시 운전수는 운전대를 돌리는 것보다 여자를 더 능숙하게 <에덴의 동쪽으로>
운전해 갔다
오늘도 그녀는 학원 앞에서 택시를 탔다 세상에는 택시가 차고로 넘친다

이따금 그녀가 조연으로 출연한 실패한 영화를 기억하는 택시 운전수도 있었다

# 당신을 어떻게 사랑 할까요?

엘리자베스 브라우닝

어떻게 당신을 사랑할까? 가늠해봤죠
그 빛이 보이지 않아도 실존의 끝과
끝없는 영예에 내 혼이 닿을 수 있는
그 다가갈 수 있는 곳까지 사랑해요
촛불 아래서나 햇빛 또는
날마다 옅은 한계까지도
권한을 강조하듯 속박 없이 당신을
비통함에 쏟았던 열정으로 아끼고
사랑해요 내 유년시절 믿음으로
삶을 끝낸 성인들과 함께 사랑하고
사라진 것으로 알았던 사랑으로써
내 평생 동안 웃음과 눈물 숨소리로 당신을
죽어서 하느님 부름 받더라도
그곳에서도 사랑합니다.

# 밤의 여인

양상민

밤하늘 초승달 구름에 숨는
가버린 내 사랑 머무는 곳 어디쯤일까
무당고개 선술집 지나 휑하니 떠나는 막차
은안개 속으로 별이 내린다
주정뱅이 불나비 눈먼 길섶에
밤이슬에 몸 씻은 달빛아
샛노란 욕정은 눈물이더라
어둠을 파는 첫 순정 누가 알리
아메리카 고향 미녀 곰 달맞이꽃

# 사랑하는 마리

피에르 드 롱사르

어여쁜 느림보 아가씨 어서 일어나요
하늘엔 종달새 노래 소리 높고
꾀꼬리도 찔레꽃 위 앉아
정겨운 노래를 지지배배 지저귀고 있어요

진주 방울 맺힌 풀잎을 그만 일어나 만나러 가요
장미나무는 봉우리 관을 쓰고 있고
어제 저녁에 정성스럽게 물을 준
저 패랭이꽃들 예쁜 모습을 보러 가요

어제 잠자리에 들 땐 오늘 아침에
나보다 먼저 일어난다고 약속했죠.

그러나 소녀에겐 너무도 노곤한 새벽잠
잠이 덜 깬 그 눈엔 아직도 꿈속

자 소녀가 어서 일어나게끔
고운 입술과 그 눈에 뽀뽀를 해줄게요.

## 숲에 핀 꽃

스티븐즈

숲속 꽃이 핀 곳에 갔다
다른 이와 같이 간 게 아닌
오랜 시간 홀로 그곳에 있었다
그렇게 즐거웠던 일이 있었을까
숲속 꽃이 핀 곳에서

땅 위에는 초록색 풀
나무엔 연초록 잎
소리를 지르면서 바람은
밝고 환하게 떠들고
그런 까닭에 나는 흐뭇했다
무척이나 유쾌했다
숲속 꽃이 핀 곳에서

# 시청역 2번 출구

강만수

모과 열매 무게를 견디고 있는 모과나무
포도송이를 감당하고 있는 포도나무
복숭아 열매 잔뜩 매달고 버텨내는 복숭아나무
모과나 포도 복숭아도 가지가 찢어지도록 감당하고 있다
모과나무는 모과열매를 복숭아나무는 복숭아 그 무게를
포도나무는 주저리주저리 가지에 매달린 포도송이 감내하고 있다
아침 일곱 시에서 아홉 시 사이 시청 역 2번 출구로
사람들이 나온다. 아니 수많은 나무들이 쏟아져 나온다
모과나무와 포도나무 복숭아나무를 닮은 가장들이
무심한 표정으로 걸어 나온다.

## 사랑의 끝

존 애딩턴 시먼즈

이별이라니 이제 헤어져 결별이다
정녕 만날 수 없다니 다시는
만남이 끝나다니 그대와 나 영원히
기쁨을 지닌 채 또한 애통함으로
우리 서로 이 시간 이후 사랑해선 안 된다니
괴로운 일이다 만남은 너무나도 비통한 일
또한 즐거운 일이었다 지금까지 만남은
하지만 그 즐거움은 훅 지나가 버렸다
우리 사랑 모두 끝났으니
모든 걸 끝내자 아주 끝을 보자
나 여태껏 그대의 연인이었으니
친구로 마음을 바꿀 순 없지 않은가

## 눈

셸리 프뤼돔

상냥하고 순한 눈 푸른 눈 사랑받던 검정 눈
수많은 눈들이 새벽빛을 봤다
무덤 깊이 지금 그 눈들은 잠들었지만
변함없이 해는 솟아오른다.

대낮보다도 매우 정겨운 밤들이
수많은 눈들을 흐리멍덩하게 했다
밤하늘 별들은 현재도 빛을 발하지만
어둠 속에는 눈들로 가득 차 있다
그 많은 눈들이 앞이 보이지 않는다고
정녕 믿을 수 없는 일이다
그 눈들은 그 어딘가 다른 곳
눈에 띄지 않는 곳으로 눈을 돌렸을 것이다

그래서 떨어지는 별들이 우리들 눈을 떠나서도
그저 하늘에 마냥 머무르듯이
눈동자들은 어딘가로 툭 툭 떨어졌지만
죽었다는 건 어떤 식으로 돌려 말해도 거짓말

사랑받던 상냥하고 고운 눈 푸른 눈 검정 눈
눈을 감은 눈들이 지금도 거리낌 없이
저쪽 무덤 그 어딘가에서 무한히 큰 새벽빛에
다시 뜬 눈으로 세계를 바라보고 있다

# 여인에게

폴 베르렌느

따뜻한 꿈이 환하게 웃고 있는 너에게 이 노래
네 큰 눈의 마음 그 눈웃음으로 인해
맑고 순결한 영혼이 돼
강렬한 비애로 비틀어 짜낸 시를 당신께 바친다
나를 지속적으로 따라다니며 붙잡는 저주 같은 악몽은
계속해서 시기 질투하며 나 자신을 괴롭힌다
이리떼처럼 점점 더 수를 불리며
붉은 피로 물든 내 가혹한 운명에 매달려
고통스럽게 한다 몸서리치도록 나를 괴롭힌다
에덴에서 쫓겨난 최초 인간의 신음소리는
나와 비교하면 그저 한가한 노래일 뿐이다
그런 까닭에 네게 근심이 있다면
내 사랑하는 그대여
그것은 구월 어느 환하게 빛나는 날
하오의 하늘을 힘차게 날고 있는
제비와 닮았다고 할 것이다

## 감각

아르튀르 랭보

보리가 찔러대는 푸르스름한 빛 감도는 여름 저녁에
자잘한 풀들을 내리밟으며 호젓한 길을 걸어가면
발 위로 꿈같은 생동감을 느낀다
내 맨머리를 바람이 쓸고 지나가고
입을 꼭 다물고 침묵한 채 아무 생각도 않으면
끝없는 사랑 내 가슴속에 차고 올라오나니
나 먼 곳으로 가리라 멀리 떠나리 방랑자처럼
애인을 품에 안고 자듯이 행복에 넘쳐
저 자연 속으로

# 병아리

강만수

노란 개나리들 샛노란 개나리꽃 아래
노란 개나리 노오란 그 꽃에 푹 파묻힌 병아리는

꽃인가 병아리들
노란 병아리는 개나리꽃이다

# 로렐라이

하인리히 하이네

무슨 까닭인지 그 이유는 알 수 없지만
자꾸만 슬퍼지는 내 마음
아주 오래 전부터 전해져 오는 이야기가
거듭 내 마음에 메아리쳐 울려 퍼진다

쌀쌀한 바람 부는 어스름 저녁나절에
고요히 라인강은 흐르는데
해거름에 저녁놀을 받고서
우뚝 솟은 바위는 반짝이며 빛을 발한다

괴이하다 그 바위 위
아름다운 처녀가 그곳에 가만히 앉아
황금 빗으로 금빛머리를 빗고 있다
머리카락을 황금 빗으로 빗어 넘기며
부르는 부르고 있는 노래 소리
그 이상하고도 놀라운 가락이

노를 젓는 사공의 마음을 심하게 마구 흔들어대
뒤돌아본 사공 눈에는 아무것도 보이지 않는 까닭에
참혹하게도 바위에 부딪혀 그 강의 물살은
노 젓는 사공과 배를 삼키고 말았나니

그 이유는 정녕 알 수가 없지만
그 노래 소리로 인한 괴이한 일이지

# 온종일

구스타프 프로딩

사랑노래를 종일토록 지저귀는
티티새 노래 소리 들리는
월귤나무와 히드풀은
그 지저귐을 사랑했다

그 연모의 곡에 맞추어
낮게 우는 방울풀과
변풀의 눈은 빛나고
빰이 붉었다 산딸기는

그러다 어디선가 날갯짓 소리 들린 뒤
가수의 가슴을 솔개가 날카로운 발톱으로 할퀴어
그 사랑 노래는
그 자리에서 죽고 말았다 영원히

# 꽃잎은 지고

배경숙

늘 좋을 때는 짧다던가

실비와 속눈썹 지우다가
이슬비와 사운거리다가
은빛새벽 어디엔가 묻혀가야 하나니

그대를 만난다는 것은
물결치는 젖가슴에
꽃잎 하나 띄우는 일

흐르는 냇물에
영혼 풀어놓고
별들을 부르는 일

# 석모도

신 현 운

석양도 없는 삼월의 다 저녁
몸살 같은 그리움이 물을 들이면
봄을 타는 갈매기 떼의 앓는 소리
파도 소리보다 크고

바다 위로 머물 수 없는 바람
산발한 사랑으로 울음 토하는
밤이 있고

막잔 비우지 못하고 일어서는 귓전에
그 소리를 그칠 줄 모르는
새벽이 아직 남아 있을 곳

아침으로 돌아 나오는 뒤로
산벚꽃을 수줍게 피워 놓고 고개 숙이는 석모도는
밤에만 꽃을 피운다. 이맘때면 몸서리치는
지긋지긋한 내 그리움처럼.

# 카스타에게

구스타보 아돌포 베케르

꽃잎의 탄식은 네 탄식
백조의 노래는 네 음성
태양의 빛남은 네 눈빛
장미의 살갗은 네 피부
사랑이 빠져 나간 내 가슴에

당신은 희망과 생명을 주었다
사막에 자라는 꽃과 같이
내 삶의 들판에 살고 있는 너

# 붉은 장미

로버트 번즈

내 사랑은 매우 붉은 장미
이제 막 피어오른 상큼한 유월 장미여라
내 사랑은 오오! 아름다운 곡조로
달콤하게 연주 되는 악기이니

깜찍한 그대여 네가 귀여워
나는 너무나도 그대를 아낀다
저 바닷물이 모두 다 바짝 말라버리고
강한 햇빛에 바윗돌이 녹아든다고 해도
내 삶이 끝나기 전까지
나는 그대를 사랑하리라

마음은 고통스러워도 이제 이별을 해야 한다
그러나 그대와 나 잠깐 동안 헤어짐이니
나는 반드시 이곳으로 되돌아오리라
이 길이 천만리 길이라고 해도

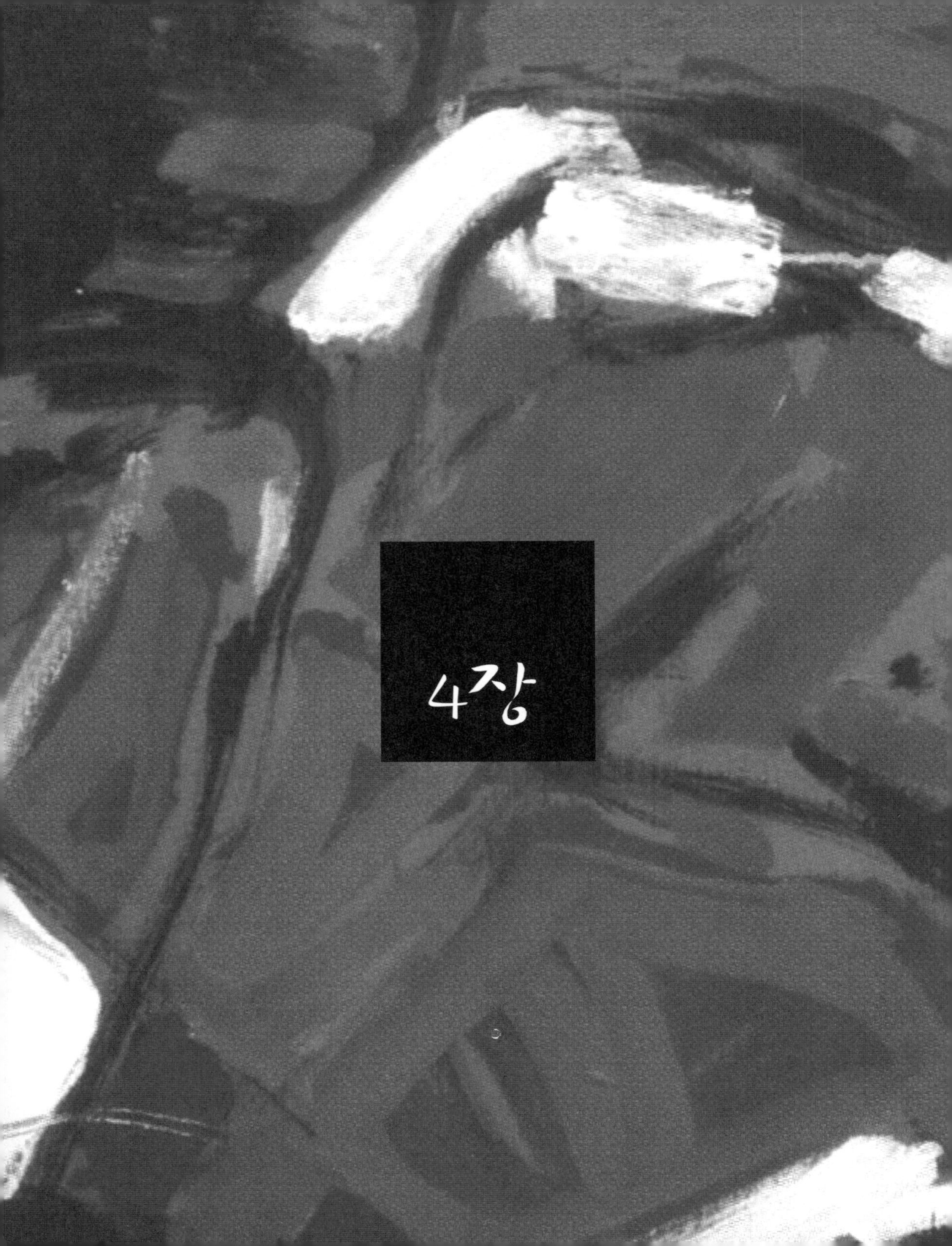

# 4장

내 몸을 슬픔의 불에
활활 태우는 것이 낫겠다

# 원(願)

유대백(柳大白)

내 다이아몬드 닮은 마음으로
일백 팔 개 염주를 만들고
거기에다 몹시 가는 순금의 정(情) 실을 꿰어
희디 흰 당신 목에 걸 거예요
불타는 당신 가슴에 목걸이가 걸릴 때
당신은 오른손으로 그것을 매만질 거예요
당신이 길을 가다 혹은 어떤 일을 하다
나를 사랑한다고 낮게 말하고 싶을 땐
염주를 만지도록 하세요
입 안에서 중얼거리며 가슴속으로
나를 제발 생각하도록 하세요
그러면 어느 순간 당신은
내 애끓는 가슴속에서 자라날 겁니다.

# 웃음

호적(胡適)

십여 년 전 이었던가
나를 향해 그가 한 번 웃었다
그 무렵 나는 무언지도 모르고
그의 웃음을 얄궂게 생각했다

그 후 그가 어떻게 변했는지
그의 웃음만 내게 남아있을 뿐
잊으려고 했지만 잊히지 않고
그립기만 했다 시간이 지나갈수록

그로 인해 많은 사랑 시가 지어졌고
그와 함께할 여러 상황을 생각해봤다
어떤 이들은 읽은 뒤 괴로워했고
어떤 이들은 감상한 뒤 즐거워했다

즐거움이나 괴로움은
실은 단 한 번의 미소 속에 있나니
내게 빙긋이 웃음을 건넨 그 사람 다시 볼 수 없을지라도
그 미소 너무도 고왔기에 가슴에 담았다.

# 밤

두보(杜甫)

가을밤 이슬 내릴 때 혼자 걷자니

근심스런 나그네 마음 어쩌지 못해

등불은 먼 곳 배에서 새 나오고

초승달 바라보며 두드리는
다듬이질 소리

남녘에 국화 또 필 때
가슴앓이로 사람은 눕고

북쪽에선 편지도 오지 않아
무정하다 저 기러기마저도

지팡이에 몸을 기대
추녀 밑에 서면

황제가 계시는 궁궐 쪽은
은하수로 인해 더욱 멀게 느껴진다

露下天高秋氣淸 空山獨夜旅魂驚 疎燈自照孤帆宿 新月猶懸雙杵鳴
南菊再逢人臥病 北書不至雁無情 步簷倚仗看牛頭 銀漢遙應接鳳城

## 결어

블라디미르 마야콥스키

세척할 수 있는 건 사랑이 아니다
말싸움으로 인해
따지는 것도 끝났다
조절도 끝났다
검열도 끝났다
지금부터는 숙연하게 서툰 시 구절을 만들어
서약한다
나는 당신을 사랑하오.
진정 당신을 사랑합니다.

# 벼락의 꼬리를 잡다

정미소

어머니는 저의 단풍물들인 고슴도치헤어스타일의
숏커트가 마음에 안 드신대요 새로 산 핫팬츠를
속옷이냐고 물어요
비도 안 오는데 웬 장화냐고요, 요새 여름부츠
신잖아요 벗어둔 부츠 속에서 생쥐가 놀면 어때요
찍찍, 발가락을 꼼지락 꼼지락 뒤꿈치를 들썩이며
스마트폰에서 흘러나오는 노래를 따라 불렀어요
밥상머리에서 불벼락이 떨어졌어요 저도 벼락의
꼬리를 잡았어요 제가 생신선물로 사드린 스웨터가
싸구려는 아닌지 돋보기로 상표를 훑어 보셨잖아요
제 남자친구의 콧구멍이 크다고 낭비벽 험담을
하셨지요 어머니 닮은 얇은 입술이 싫어서 수술한
건데 돈이 썩어서 곰벵이 이불이 되다니요
저도 어머니가 다 마음에 드는건 아니에요

# 문신

강만수

누가 그녀 목에다 풀어놓은 걸까

여자 목 위로 혓바닥을 날름대며
자꾸만 기어오르려는

흰 블라우스 깃 사이
살짝 모습을 드러낸 살모사

오월 어느 날 오후에 본
생강나무 그늘 아래 수꿀하게 기어가던

제 어미를 잡아먹는다는
치명적인 독을 지닌 뱀을 봤다

# 이별

안나 아흐마또바

저녁 무렵
내 앞에 구불구불한 길이 드러났다
결 고운 목소리로 어제만 해도
사랑한다며
잊지 말라며 속삭이던 당신
벌써 잊은 건지
그대는 지나가는 바람 같고
양치기 소리와
맑은 샘가엔
키 큰 잣나무만 미끈할 뿐

## 짧은 사랑에 관한 필름

이 영 신

네가 안에서 문을 열었어
분명히 네가 문을 열었던 거야
네가 문을 여니까 내가 들어갔던 거야
그냥, 그냥
그렇게 갇혀버렸어
너는 없고 컴컴한 네 안에서 더듬거리며
돌아 나올 길을 잃은 거야
날 꺼내줘!

# 서시

윤동주

죽는 날까지 하늘을 우러러
한 점 부끄럼이 없기를
잎새에 이는 바람에도
나는 괴로워했다.
별을 노래하는 마음으로
모든 죽어가는 것을 사랑해야지
그리고 나한테 주어진 길을
걸어가야겠다.

오늘밤에도 별이 바람에 스치운다.

## 너의 마음

최명숙

작은 가슴으로
넌
나를 담고 산다지만

메워도 메워도
메워지지 않는
빈자리만 보인다

아침 햇살에 빛나는 영롤으로
가득 채우고 싶던
여린 가슴엔
언제나 모자란 그리움만 쌓인다

서로를 맞대고 사는 세상
네 품에 안기어 사는 날들이지만.

# 봄은 고양이로다

이장희

꽃가루와 같이 부드러운 고양이털에
고운 봄의 향기가 아우리로다
금방울과 같이 호동그란 고양이 눈에
미친 봄의 불길이 흐르도다
고요히 다물은 고양이 입술에
포근한 봄의 졸음이 떠돌아라.
날카롭게 쭉 뻗은 고양이의 수염에
푸른 봄의 생기가 뛰놀아라

## 사랑의 찬가

제라르 드 네르발

이곳에서 우리는
얼마큼 빛나는 날들을 보내고 있는가
출렁대는 물결의
흔들림처럼
지루함은 비애로 사라진다
강렬한 열애로 인해
욕구에 빠져든 시간이여
욕망의 충족 뒤 꺼져버리는
덧없는 시간이여

# 마돈나

이상화

마돈나 지금은 밤도 모든 목거지에 다니노라
피곤하여 돌아가련다
아, 너도 먼동이 트기 전으로 수밀도는 네 가슴에 이슬이 맺도록 달려오너라

마돈나 오려무나, 네 집에서 눈으로 유전하던 진주는 다 두고 몸만 오너라
빨리 가자, 우리는 밝음이 오면 어딘지 모르게 숨는 두 별이어라

마돈나 구석지고도 어두운 마음의 거리에서 나는 두려워 떨며 기다리노라
아, 어느덧 첫닭이 울고 뭇 개가 짖도다. 나의 아씨여, 너도 듣느냐

마돈나 지난밤이 새도록 내 손수 닦아둔 침실로 가자 침실로
낡은 달은 빠지려는데 내 귀가 듣는 발자국. 오, 너의 것이냐?

마돈나 짧은 심지를 더우잡고 눈물도 없이 하소연 하는 내 맘의 촛불을 봐라
양털 같은 바람결에도 질식이 되어 얄푸른 연기로 꺼지려는도다

마돈나 오너라. 가자, 앞산 그르메가 도깨비처럼 발도 없이 가까이 오도다
아, 행여나 누가 볼는지 가슴이 뛰누나. 나의 아씨여 너를 부른다

마돈나 날이 새련다, 빨리 오려무나. 사원의 쇠북이 우리를 비웃기 전에
네 손이 내 목을 안아라. 우리도 이 밤과 함께 오랜 나라로 가고 말자

마돈나 뉘우침과 두려움의 외나무다리 건너 있는 내 침실 열 일도 없느니
아, 바람이 불도다. 그와 같이 가볍게 오려무나. 나의 아씨여, 네가 오느냐?

마돈나 가엽어라, 나는 미치고 말았는가. 없는 소리를 내 귀가 들음은
내 몸에 파란 피 가슴의 샘이 말라 버린 듯 마음과 몸이 타려는도다

마돈나 언젠들 안 갈 수 있으랴. 갈 테면 우리가 가자 끄을려 가지 말고
너는 내 말을 믿는 마리아, 내 침실이 부활의 동굴임을 네야 알련만

마돈나 밤이 주는 꿈, 우리가 엮는 꿈, 사람이 안고 뒹구는 목숨의 꿈이 다르지 않느니
아, 어린애 가슴처럼 세월 모르는 나의 침실로 가자, 아름답고 오랜 거기로

마돈나 별들의 웃음도 흐려지려 하고 어두운 밤물결도 잦으려는도다
아, 안개가 사라지기 전으로 네가 와야지. 나의 아씨여, 너를 부른다

# 산집

김시습

대낮처럼 달 밝은 산집의 밤
혼자 앉은 마음이 온갖 생각에 복잡하다
내 노래에 누가 답을 하는가
긴 물소리 소나무 바람에 섞이네

月明如晝山家夜 獨坐澄心萬慮空 誰和無生歌一曲 水聲長是雜松風

# 등대로

이 경교

등대는 별의 출입문 바다로 띄우는 초대장, 나는 네 기별만
기다리다가 청춘을 다 보내고 말았으니

어둠 속으로 편지를 보내거나 해변의 낡은 우체통처럼 아직도
너는 서 있지만, 내가 받은 건 장미빛 엽서가 아니라, 시퍼렇게
드러누운 늪, 한때 내 사랑했던 푸른 별이거나

너를 지나면 낯선 항구, 저기 처음 보는 여자가 있다

나의 고해소

## 들어보시게 그리운 이여

제임스 조이스

보고 싶은 이여 귀 기울여 들어보게
당신을 사랑하는 이의 이야기를
친구들에게 배신을 당하게 되면
남자들은 슬픔을 가슴에 담게 된다

사내들은 그 무렵 알게 된다
성실함이 없는 친구들에겐
타고난 뒤 남은 재처럼
모든 말들이 다 헛되다는 걸

그러나 가만히 한 사람이
그에게 가까이 다가와
남자의 마음을 잡기위해
여러 가지 사랑의 물증을 내보이며

사내 손을 만지게 되면
여자의 매끈하고 탄력 있는 가슴에
비통에 잠겼던 남자도
평안을 얻게 된다 마음속 깊이

# 강설 (江雪)

유종원 (柳宗元)

새는 천산에 날지 않고 인적도 끊어졌건만

도롱이 입고 삿갓 쓴 채 강에다 배 띄워

홀로 낚시질하며 눈송이를 낚는 늙은이

千山鳥飛絶 萬徑人蹤滅　孤主簑笠翁 獨釣寒江雪

# 깊은 구름

가도(賈島)

소나무 아래에서
어린 아이를 만났다

약초를 캐러 간다고

산 속 어딘가에 있기야 하겠지만

어디 가서 찾을 수 있을까?
구름이 너무 깊어서

松下問童子 言師採藥去 只在此山中 雲心不知處

# 5장

사랑이 빠져 나간 내 가슴에
당신은 희망과 생명을 주었다

## 그녀는 이집트 무희인가?

스테판 말라르메

이집트 무희인가 그녀는?
새벽에 활활 타 꺼지는 건 아닐까
큰 꽃과 균열된 도시의 숨결을 느끼게끔 하는
휘황한 공간 앞에서

고혹적이다 그대는! 너무도 아름답구나!
해적과 어부들 노래를 위해선 반드시 필요한
그리고 또 마지막 가면이
고결한 바다 위 밤 축제를 생각하고 있는 이상!

## 춤

페데리코 가르시아 로르까

여섯 명의 집시 여인이
과수원에서
밤중에 춤을 춘다
하얀 옷을 입고

밤의 과수원에서
춤을 춘다
종이 장미와 당근으로 꾸미고

밤 과수원은
그런네 백옥 같은 치아
그림자를 닮았다

밤 과수원
깊은 어둠 사이
붉은 빛은 하늘에 닿았다

# 무제(無題)

이상은(李商隱)

거울을 들여다보며
여덟 살 땐 길게 눈썹을 그렸어요
열 살 땐 나물 캐는 걸 좋아했어요
연꽃 치마를 입고
거문고도 가까이 했어요
열두 살 땐 손가락에 은갑을 끼고서
양친 뒤에 자주 숨었어요
열네 살 땐 왜 그랬을까요,
사내들을 보면 부끄러움에
이유 없이 봄에는 눈물이 자꾸 흘렀어요
열다섯 살 땐
그런 까닭에 고개를 돌려 울었어요 그넷줄을 잡고서

八世偸照鏡　長尾已能畵 十歲去踏靑 芙蓉作裙衩 十二學彈箏
銀甲不曾卸　十四藏六親　懸知猶未嫁 十伍泣春風 背面鞦韆下

## 무희

장 콕토

발끝으로 게가 기어나온다
꽃바구니 모양을 두 팔로 만들고
귀 밑까지 찢어질 것처럼 웃는다
오페라 무용수는
게와 매우 닮은 모습
색칠한 무대 뒤에서
원을 그리며 나온다 두 팔로

# 상사몽(相思夢)

황진이

꿈에서나 뵐 수 있는 사랑하는 이
임이 나를 찾아주셔서 너무도 반가웠네
다음 꿈에 또 뵙게 되기를 바라는 마음에
길을 가다 조우할 수 있는 날 언제일까

相思相見只憑夢 儂訪歡時歡訪儂 願使遙遙他夜夢 一時同作路中逢

# 애너벨리

애드가 앨런 포우

오랜 옛날 바닷가 왕국에 애너밸리라는 처녀가 살았습니다
그 처녀는 저와의 사랑만으로 살았습니다

그녀도 나도 어렸고요
바닷가 왕국에서 우리들 사랑은 절실했습니다
날개 달린 하늘의 천사들도 부러워한 사랑이었지요.

그런 이유 때문이었을까요
오래 전 바닷가 이 왕국에 밤을 타 구름에서 바람이 세게 불어와
애너밸리 육체를 싸늘하게 만들어 버린 겁니다.
그 뒤 지체 높은 그녀의 친척들이 다가와
제게서 여자를 빼앗아 바닷가 왕국의 무덤에 가두어 버렸습니다.

행복하지 못했던 하늘의 천사들이
그녀와 저를 끝없이 질투했던 것이지요.
그렇습니다(바닷가 왕국의 모든 사람들이 다 압니다)
바람이 구름에서 불어와 저의 애너밸리를 차갑게 죽여 버렸던 겁니다.

그러나 우리 사랑은 나이 드신 이들의 그 어떤 사랑보다도
훨씬 더 크고 강렬한 것이었기에.
하늘의 천사들도 바다 밑 악령들도
제 영혼을 아름다운 애너밸리 혼으로부터 떼어 놓을 순 없었지요.

달빛이 밝을 때면 저는 반드시 애너밸리 꿈을 꿉니다.

별들이 뜨면 꼭 아름다운 애너밸리 눈을 바라봅니다.
그런 까닭에 밤이 새도록 저는
내 사랑 내 생명 내 신부 곁에 몸을 눕힙니다.
거기 철썩이는 바닷가 그녀 무덤 속 외로운 내 사랑 옆에

# 그 네

오 만 환

절대 믿음으로 매달려
일생을 산다
힘으로 밀면 힘있게 흔들리고
신바람으로 솟으라면 솟구치고
춤을 추다가 온기 남은 그 자리

흔들림 속에도 중심은 있는 것
마음 맞는 사람 찾기가 쉽기만 하다면
살아서 흔들리지 않기가
즐겁기만 하다면

## 자연은 스핑크스

포도르 류체프

오래전부터 풀지 못하는 문제가 없었던
자연은 스핑크스
지금도 역시 다르지 않다고 말하면
그는 어려운 상황에 인간을 몰아넣어
곤경에 빠뜨린다.

# 지하철 정거장에서

에즈라 파운드

갑자기 대중들 사이에서 나타난 얼굴들
검은 가지의 꽃잎처럼 축축하다

## 산행(山行)

두목(杜牧)

돌길이 자꾸만 나를 이끌고
산속 깊이 들어간다

그러다 흰 구름이 보이는 곳
인가가 몇 채

수레를 멈추고
나는 앉았다

저녁 어스름에

이월 꽃보다도 붉은
저 산을 물들인 깊은 가을

遠上寒山石徑寺　白雲生處有人家 停車坐愛楓林晚 霜葉紅於二月花

## 사랑의 탄식

마르틴 그나이프

봄날 장미꽃 필 때
쓸쓸히 혼자 있기보다는
깊은 슬픔에 잠기리
봄날 붉은 장미꽃 필 때
내 외로운 모습을 바라보기보다는
차라리 내 몸을 슬픔의
불에 활활 태우는 것이 낫겠다

## 나 가끔 고요히 찾아가는 그대여

월트 휘트먼

그대와 함께 있고 싶어
나 그대 있는 곳을 찾아
그대 옆을 지나갈 때
혹은 곁에 앉아 있거나
방 안에 함께 있을 때
모른다 그대는
그대로 인해
내 가슴속에 요동치는
미묘하게 흔들리는 감정의 불꽃을

# 규원(閨怨)

왕창령(王昌齡)

새색시는 나이가 너무 어려
깊은 슬픔을 몰라
봄날에 화장하고
비취 빛 누각에 올랐더니
길가에 수양버들
축축 늘어질 때
가슴 철렁한 후회에
괜스레 벼슬 찾아
떠나보냈구나, 내 님을

閨中少婦不知愁 春日凝粧上翠樓 忽見陌頭楊柳色 悔教夫婿覓封侯

# 사랑의 나무

나 병 춘

내 날숨은 네 들숨의 달항아리에 담고
네 날숨은 내 들숨의 옥피리가 되어

나 하나 너 하나는 천년을 하루같이
꽃을 피우고 열매를 맺노니

옥피리 소리가 함박꽃 한 송이로 피어날 때
달항아리는 은하수 샘물로 눈물을 씻더라

숨결과 숨결이 은빛 파도 되어 넘실거릴 때
둥근 달도 덩더쿵 덩실덩실 춤을 추더라

# 킬힐

강만수

킬힐 신고 또각이며 걸어가는
저 여자 발뒤꿈치 그 발목을 깨물고 싶다
칵, 그냥 죽여주는 저기 저

## 삶이 그대를 속일지라도

알렉산드르 세르게에비치 푸시킨

삶이 그대를 기만할지라도
노여워하거나 서러워 말라
고통의 날 참고 인내하면
곧 기쁨의 날이 다가오리니
마음은 미래를 사는 것
지금은 비록 슬플지라도
순식간에 모든 건 지나가고
지나간 건 그리움이 되나니

# 황조가

유리왕

꾀꼬리들 펄펄 날며 오고가는데
짝을 지었네 암수 모두
나 자신을 생각해보니 외롭구나
누구와 함께 집으로 돌아갈 수 있을꼬

翩翩黃鳥 雌雄相依 念我之獨 誰其與歸

인지

초판인쇄 | 2016년 5월 10일
초판발행 | 2016년 5월 15일
지은이 | 강만수
펴낸곳 | 도서출판 문장
펴낸이 | 이은숙
주소 | 서울시 강북구 덕릉로 14(수유동)
전화 | 02-929-9495
팩스 | 02-929-9496
등록 | 1977.10.24 제2015-000023호

ISBN 978-89-7507-066-2 03810

• 잘못된 책은 구입한 곳에서 바꿔 드립니다.
• 값은 뒤 표지에 있습니다.